圖文・甘米

甘米！動物朋友仔

推薦序1

　　我在浸大執教轉眼間已經三年，甘米是我第一年所教的學生，更是芸芸學生中第一個出書的，我非常為她驕傲！也很榮幸能替她寫序，這對我來說意義很大。

　　我記性不好，對很多學生的印象都比較模糊；甘米卻給我留下一個很鮮明的印象 —— 一位少女心爆發的搖滾女孩！我記得那時她的功課有很多粉紅和粉藍的元素，而刻畫人物時已經有著強烈的個人風格。但可愛背後，甘米並不是那種嬌柔造作的類型，她也有倔強一面，而且對待功課和 presentation 那認真模樣，可能會嚇你一跳。有次在火車上巧遇她，她揹著結他正前往練習，我覺得好酷呢，更加發現她這個人原來有很多 layers。

　　看見甘米第一次出書，令我回憶起自己第一次出書時那種期待和憧憬，分別在於她這本繪本的製作比我的認真和嚴謹太多了。一口氣看畢整書，內容令我會心微笑，也很喜歡作者對分鏡和背景的處理；作品裡所散發的青春氣息，更是特別吸引我這種中女藉此尋回年輕感覺（哭）。

　　這是甘米的第一本作品，但肯定不是最後；祝願她往後能用藝術啟發更多人，在插畫／漫畫界發熱發亮，無忘初衷。

謝曬皮
插畫家

推薦序 2

　　我在大學教授漫畫和插畫，多年來我都會把某些學生的名字記下，看看他們在畢業後會否成為插畫／漫畫家，而每年的畢業展更是同學們展示自己最重要作品的機會，因為他們知道在那些場合，有機會碰到欣賞自己作品的出版商或編輯，將作品出版。然而，多年來真的能夠在畢業後出版自己作品的例子並不多。所以當甘米邀請我替她的新書寫序，我真的十分驚訝，相信她是我第一位仍在學的學生出版自己的作品。

　　而我再翻看書中內容，都是圍繞兩個主角的生活小事，簡單卻充滿溫情，為這年以來城市的鬱悶帶來一些暖意。雖然甘米的作品顯然不是以我這個年紀的人為讀者目標，但看到她在 IG 等社交平台和讀者的互動，看到她對插畫的熱愛，和決意成為漫畫家的決心。

　　每一個時代都需要不同的作者和作品，但願甘米繼續努力，為喜愛她作品的讀者帶來更多窩心和歡樂的作品。

黃照達
漫畫家

甘米在我眼中是一位
懂魔法的作者,
不論是筆下的角色、動物,
都帶給我很大的溫暖。
我也希望大家一起
進入甘米魔法的世界!
所以最後也領養我回家吧!
拜托!XD

so.elephant

要跟我一起走?

推薦序 3

排隊待領養

也太多了
吧…?

推薦序 4

祝賀甘米國王解鎖出書成就，
請繼續保持勸力更新。

住在甘米的森林旁的豚豚上

推薦序 5

認識甘米之前：

這個粉紅色的人是誰!!!!!
也可愛了吧!!好想認識!!!

現在：

柴柴魔人..

\柴柴! 柴柴!/
我要更多柴柴!!

恭喜甘米出書了(*゚∀゚*)
希望大家看完這本書之後，
腦內都像柴柴一樣一片花田！
請畫更多柴柴～

月球租客。
MZCCA

在ig上還可以看到我們的黑歷史

自序

首先，感謝購買了此書的各位！

一路以來真的經歷了好多，連自己都沒有預料到的事情。「甘米的森林」成為了我生活的一部分，每天我開始畫很多關於這些小動物的故事。當初也只是一味兒衝動設計了這些角色，然後慢慢地，他們在森林裡，像是有靈魂似的生活著。

我經營「甘米的森林」要迎來第三年了，這段時間我也成長了很多。開始跟雞蛋小隊擺市集、賣自己的商品、等等，到今天出書了，這一切就真的好像是一瞬間就發生的事。我像是剛剛才為得到第一百個追蹤者，而沾沾自喜的小女孩一樣，覺得一切都是僥倖啊！

無論你是第一次接觸甘米的森林的人，還是已經在 IG 認識了很久的讀者，我也很感激你們的陪伴及支持。謝謝我的編輯阿民，聽我很多天馬行空的想法。一直支持我的朋友，家人，還有比卡。當然也有為我寫序的雞蛋小隊隊友、我的老師謝曬皮及 Justin。

希望「甘米的森林」可以陪伴著你成長，我們也一起成長。

甘米

2021 夏

目錄

人物介紹

小貓
被有錢人養的波斯貓。
對人類的所有事情都
很感興趣。

小豬
被人棄養的寵物豬。
平常喜歡睡覺和玩，
總是想辦法偷懶。

小柴
不見了主人的柴犬。
因為有超樂天的性格，
所以無論遇到甚麼事都會
笑瞇瞇的。

甘米
本書的作者。
養著一隻魔法兔子，
於是開始把動物變成人類？！

熊貓妹
一隻活潑的熊貓。
因為憧憬人類的戀愛，
而到人類世界生活！

兔子先生
來歷不明的魔法兔子。
性格很溫柔又有點害羞，
希望能讓所有人都幸福！

黑貓先生
曾是隻酷酷的流浪貓，
後來被甘米收養，
跟小柴是青梅竹馬。

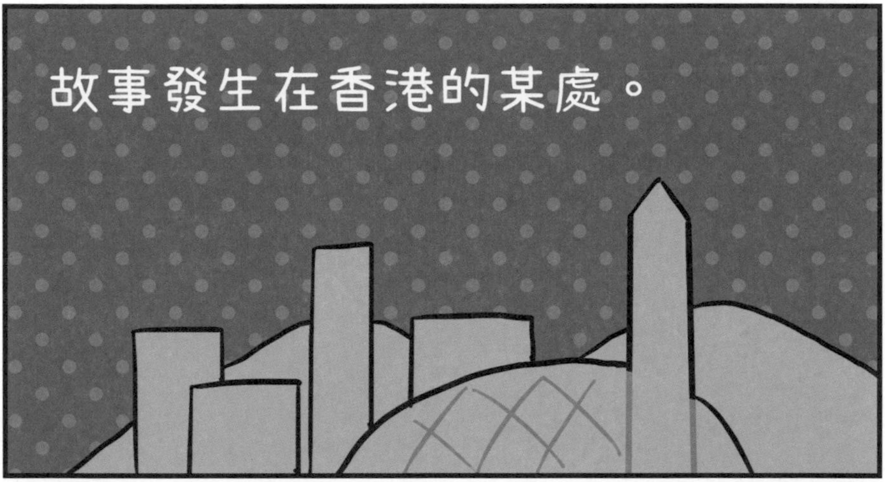
故事發生在香港的某處。

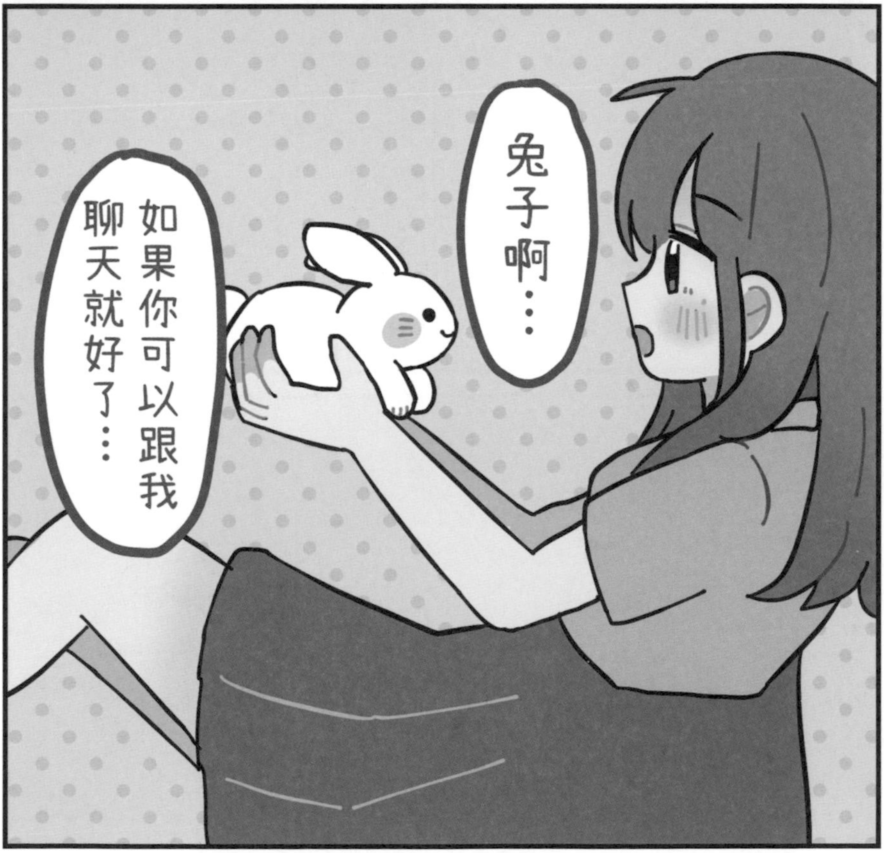
兔子啊⋯
如果你可以跟我聊天就好了⋯

我來教你，

逃離寂寞的魔法！

謎之既視感

所以
我可以用魔法
把動物變成人類？

對！所以好好運用
能力，跟不同的動物
成為朋友吧！

興奮　雀躍

所以是⋯
動物〇友會

你好，我是
兔子先生！

成為人類後的第一件事

兔子先生

因為甘米祈求可以「不再寂寞」，
而得到魔法化身成人類的兔子。
因同理心泛濫而對所有動物朋友
都很溫柔，是個很好的傾聽者。

無論是誰都會覺得他很好相處呢！

來說說黑貓的故事吧!

總是被嚇到。

黑貓對移動物格外敏感。
狩獵模式ON！

同時，也很怕昆蟲。

嚇！

（狀況外）

總是被嚇到 2

黑貓有嚴重的近視。
平常都是在戴隱形眼鏡

當他沒有戴眼鏡時⋯

嚇
蟑螂?

我是樹葉。

嚇!
蟲子?

我是塵。

?!
那是甚麼?

這是青瓜。

蟑螂發現…？！

Chapter 2
黑貓的生活

某天晚上…

嗯？這是甚麼？

唔…靠近看看好了
應該只是污漬之類的吧

是蟑螂！

hello

27

不能逃避的理由

處理蟑螂的步驟...

牠…會飛！

黑貓先生

本來是被遺棄的流浪貓，與小柴是好朋友。 享受自由同時又嚮往有一個家的他，某天遇上甘米並被收養。
希望憑一己之力養活自己的黑貓，透過魔法變成了人類。

與熊貓妹是情侶關係。

來說說熊貓妹的故事吧！

我是一隻

無所事事的熊貓。

好悶啊⋯⋯
就沒甚麼
有趣的事嗎

發現了！看起來有趣的東西！

另一邊廂…

在找甚麼?

不見了啊…

我在找小時候
畫的繪本啊～
其中一本不見了

應該是清理書籍的時候
不小心一拼扔了吧

真可惜啊～
我也想看看呢…。

對啊…
應該找不回了吧

Hello～
我是熊貓米亞！

放我下來！

這是甚麼？
為甚麼會有熊貓

先帶回家吧。
你可是稀有物種啊！
你在這裡會被捉走！

這不是被你捉走了嗎？
救命啊！！！

收留的原因

請收我為徒！

……

但是家裡已經很多動物了⋯

喜歡我的作品

好像很手巧

樂觀的性格(?)

嗯。來我家吧。

可以 利用

被利用了

幫我。

畫這裡

這些也拜託你了

怎麼…好像…只有我在做？

我先去睡了

突然醒覺。

雙贏狀態

糟了…好飽！我吃不下去啦…

吃不完嗎？我幫你吧？

好體貼！

他竟然會吃我的剩飯…該不會在勉強自己吧？

賺到了！

本來就吃不飽…不用加錢就可以多吃一碗！讚啦！

面癱的例外

黑貓基本上是個面癱。
但也有例外的時候

吃不飽的時候
會擺出非常苦惱的表情。

唔⋯想再
多吃一碗呀

想再吃的時候
會擺出苦苦哀求的表情。

拜託～可以再
多吃一碗嗎？

當然可以
想吃多少都 OK

叫加飯的羞恥心

貧富懸殊

暴龍系情侶！

廢人系情侶

遇見你之前
我只是一個廢人

遇見你之後
就變成兩個廢人

黏人的貓

謎之恐懼感

別再看了！

雙重標準

雙重標準 2

相見的理由

Chapter3 熊貓戀愛中！

今天會來嗎？

不了啦，雨下很大。

那現在雨停了，你會來嗎？

下次吧，太晚了啦！

那…甚麼時候會來？

唔…要看情況吧

今天…沒下雨也很早

嗯好！知道啦，我現在來。

51

推理大師熊貓妹

黑貓告訴我
他的手機密碼是
０３０５…

我跟他的生日
都不是０３０５…
所以是甚麼呢？…

難道…０３０５是
前女友的生日？
好像也有聽說過，有人
會懶得改，所以一直用
前女友的生日當密碼…

完蛋了啊

啊啊啊

笨蛋…
3月5日是
我們在一起的
紀念日啊…

和好的方法

2人也會有吵架的時候。

我不想聊了

我也不想！

～過了一會兒～

（冷靜了）

（氣消了）

黑貓向您
發送了一條影片。

真可愛呢！

（水瀨洗澡的影片）

真可愛啊～

惹人生氣的方法

主動被摸頭的方法

最棒的貓貓！

沒有耐性的貓貓

被看透的黑貓

被看透的黑貓 2

抽鬼牌遊戲 2

這次一定一定
不會再抽到了

同一招是不
再管用的了！

我才不會抽
推出去那張‧

推

推

連這一步
都被猜到了

超好懂！

最好的一天

一成不變的
上學路線

一成不變的
課堂日程

所以如果可以
偶然見到你
熊貓！

那一定是最好的一天♡！

貓貓怎麼
會在這裡？

今天剛好
有空就
來了

哭泣的解決方法

…但是你也笑了呢。

女朋友總是喜歡問問題。

…我只是想誠實。

新的桌布

之後一直是我的桌布

辟邪用

突然好想你

突如其來的萌點

想欺負你的心情

從此以後，熊貓妹就著了魔似的
對黑貓進行各種挑逗。

你今天好可愛喔

你害羞了！

好可愛

你再這樣的話
我會很困擾！

（裝生氣）

太讚了。

終於被玩壞了？

情侶裝

熊貓
你今天穿甚麼裙子？

怎麼了？

深藍色間條那條吧？

所以
其實他喜歡
穿情侶裝嗎？

開心

沾沾自喜

笨蛋情侶

安全距離

哪件比較好？

發現入侵者！

特別的穿搭喜好

剛好今天是甘米來拜訪的日子

嗨呀！打擾了！

衣服…很特別呢

啊？你來了

（羞恥中）

熊貓米米

在某處竹林生活的野生熊貓。 某天
發現了一本很有趣的漫畫，決定要到
城市找到其作者並閱讀故事後續。

在途中遇到黑貓並發展成情侶。

然後就是…小貓的故事！

你好，
我是一隻
純種的
波斯貓。

雖然我甚麼都有，溫暖的被窩
但總是覺得欠了甚麼。

高級貓糧

很多玩具

我…
我想看看外面的世界！

所以就在某天，
我鼓起勇氣逃出去了！

人類的世界…
也太有趣了吧?!

去上學吧！

貴安，我是小貓妹妹。

趁主人回來之前，我要先回家了。
好的！
有空再來玩吧！

十分鐘後

我迷路了⋯
對哦⋯你是家貓！
我送你回家吧？

兩極的反應

咦？剛剛新聞說你們要停課喔？

停課

糟糕了…
我怕趕不上課程進度…

太棒了！！
不就可以盡情偷懶嗎！

學霸跟學渣的分別。

高興的原因

你不是應該感到高興嗎？

為甚麼？

從此以後，你就不用再早起床！

也不用邊吃麵包邊追巴士⋯

當然，
再也不用因為零分
而被罵…。

避開了因挫敗感
而造成的永久損傷…

總感覺混雜了
好多偏頗的意見…

在家上課
最棒了！

再睡十分鐘

再睡十分鐘⋯

再睡十分鐘⋯

再⋯

永眠。

小貓妹妹

一隻純種的波斯貓，被人類飼養著。
直至某天偷偷跑到外面的世界，充滿
好奇心的牠因此流連忘返，並與甘米
等人相遇。
雖然很想留在外面的世界，但因害怕
主人擔心，所以每天都會準時回家！

小豬

被作為「寵物豬」飼養的小豬，
某天被發現只是一隻普通會長大的豬！
於是主人決定將牠拋棄，被甘米收養。

喜歡吃不同國家的料理，最喜歡包子，
因為吃包子的時候會想起主人。

十個ZOOM奇怪虛擬背景

夏威夷上課

看起來很認真的老師，
穿著西裝在夏威夷授課。

ZOOM的預設背景之一。
是在暗示自己的思緒
飄浮在外太空嗎？

我在太空哦

動物〇友會

最近很流行的遊戲。
看起來他很喜歡這個遊戲呢！

某動作片的名場面。
懂的人就懂，
不懂的人很純情。

你懂的。

拿動畫裡的名場面當背景。
是想當主角嗎？ＸＤ

動漫名場面

就算在家裡也會化妝上課，
然後美顏濾鏡開滿滿。
臉都看不清了哦？

拿小時候的共同回憶當背景。
可是他的表情卻好認真，
好反差。

因為虛擬背景會自動過濾
真的背景。 但這位同學的臉
被系統自動過濾了…。

喜歡拿各種梗圖來當背景，
這類人感覺好有趣。

就算離開了座位
也不會發現呢！
真是位懶惰的同學

改暱稱的遊戲

最近跟朋友開玩笑地改暱稱

←馬鞍山ＡＧＡ

←粉嶺張敬軒

那我當…
大圍周秀娜好了

↑以上是想像畫面。

上課時

誰是
大圍周秀娜？

是我

玩過頭了忘記改回來。

退化的熊貓

疫情前

★★★★★
有化妝
頭髮造型
自信滿滿

疫情中

★★★☆☆
能看到的部份
盡可能打扮

現在

☆★☆★☆
放棄了
反正認不出我

最討厭的事情

上網課最討厭的無非是…

強制露臉?!

好麻煩啊!

所以要…
整理髮型→隱形眼鏡→
底妝→畫眼線→
唇膏→還有…

算了
直接素顏吧。

奇怪的褲子

網課中

想上廁所

站起

差點忘記自己正穿著
超奇怪的褲子

差點就
站起來了

奇怪圖案

清理的方法

這樣可以稱為清潔嗎？

背景

（ZOOM中）

話說回來，好像可以自選虛擬背景？

選好了。

...最後被罵好慘。

小柴

一隻曾經被人類飼養的柴犬。
在小時候跟黑貓已經相識，直至某天
主人突然不見了，差點面臨人道毀滅
千鈞一髮之時，被黑貓所救。

但他總相信主人會在某天回來，
於是變成人類，尋找主人的足跡。

那…小柴的故事是？

喂喂～來玩吧！

可以啊…但你的主人呢？

嗯…其實自從半年前，我的主人不見了。

介紹女朋友

既視感

Chapter6
小柴是笨蛋

後悔問問題

只是打個噴嚏而已

跟女孩子相處的 3 大原則

第一，女孩子永遠是對的

第二，不可以頂嘴

第三，你覺得她有錯時

重溫第一條

紙上談兵就是形容這隻狗。

今女生開心的方法

生氣的米米出現了！

我教你怎樣逗她開心！

喔喔？！

吃糖不？

你看！

開心～

…假如每件事都是這麼簡單就好了

你真無聊欸

不尋常的戰鬥力

在玩的遊戲！這是我最近兔子你看，

黑貓乂劍士
等級：43
戰鬥力：5910

哦！

一週後

你看！我也在玩了！

你絕對課金了吧？

兔子乂最強
等級：65
戰鬥力：9999

就…一點點呀？

…真的只有一點點嗎？

默契

不相配的名字

你喜歡的
短髮類型？

波浪捲

梨花捲

離子燙

媽媽

不靠譜的小柴

跟廢人一樣

不能玩球球？？

所以…你是說

想變得更加可靠嗎？…

嗯嗯！

可以改善的地方大概是…

太貪玩？

太大意？

不專心？

畢竟已經20歲了，還在喜歡玩球球…

不能玩球球…？

明明換成狗齡我才只有一歲…

小柴訓練計劃

小柴訓練計劃

動物的本能

貓貓的思考模式

所以你不想玩球球
是因為想變得成熟？

你是笨蛋嗎？
狗一世物一世，最
重要是自己開心啊。
為何要討好別人？

那要一起玩
貓尾草嗎？

球球！

球球！

↑ 小柴的思考模式

125

抽獎的理由

某天在市集

＼來抽獎喔！／

又是騙人的攤檔吧⋯

大獎

我要抽。

謝謝你貓貓♥

↑ 非常直接。

目標大獎！！

好兄弟！

甘米番外篇

角色設定
大公開！

粉紅色

然後就變成這樣了。

編輯囧某表示：(˘•ω•˘)

我 & MZCCA

雞蛋小隊番外篇

那我回去了！
你住在哪裡呀？

就ＸＸ那邊啊～

那我們很近啊，
我住在〇〇苑。
我也是啊。

嗯？我是住在〇座…
我也是啊。

住了快二十年才發現

超有緣份。

139

↑ 草稿
畫得最開心的東西！

↓ 構圖
只有繪者看得懂的東西。

↓ 調色
很小但也最重要的東西。

↑ 配色
這輩子都不會懂的東西。

有關封面的二三事

↓ 線稿
我這輩子最討厭的東西。

然後線還要上顏色，
這種工整微細的過程
讓我很痛苦。:)

↓ 上色&加素材
我不擅長結果亂來的東西。

因為畫這本書的關係，
開啟了我的畫畫開關。
最近開始能畫出想像中
的插圖了。 作畫速度亦
開始變快～真是感恩啊！

果然畫畫也需要熱身啊！

最近熊貓妹 & 甘米
也在 Youtube 有自己的 channel 喔！

甘米
https://www.youtube.com/channel/UCflIDiny72kp9ppGDdaBGWQ

「希望未來能以唱作人的方式，繼續
創作更多的音樂！之後也會發佈音樂
作品在這邊喔～」

新曲《不開心症候群》

米亞 MYA【HKVTuber】

https://www.youtube.com/c/gummy_forest

「平常除了會幫甘米畫畫外，也會打理自己的頻道喔！會開開直播、唱唱歌之類的～ 有空的話記得來看我的直播啦！」

新曲《講你知１２３》

甘米！
動物朋友仔

作者	甘米 Gummy
出版經理	Venus
責任編輯	賜民
設計	甘米 Gummy、joe@purebookdesign
出版	夢繪文創 dreamakers
網站	https://dreamakers.hk
電郵	hello@dreamakers.hk
facebook & instagram	@dreamakers.hk

香港發行	春華發行代理有限公司
	香港九龍觀塘海濱道 171 號申新證券大廈 8 樓
電話	2775-0388
傳真	2690-3898
電郵	admin@springsino.com.hk

台灣發行	永盈出版行銷有限公司
	台灣 231 新北市新店區中正路 499 號 4 樓
電話	(02)2218-0701
傳真	(02)2218-0704
電郵	rphsale@gmail.com

承印	美雅印刷製本有限公司
香港初版一刷	2021 年 7 月
ISBN	978-988-79895-2-3

Published and Printed in Hong Kong

定價 | HK$88 / TW$440

上架建議 | 圖文漫畫 / 流行讀物 / 生活文化
©2021 夢繪文創 dreamakers・作品 23